AF300591

Zum Gedenken an all das gewaltsam
vernichtete Leben und der verlorenen Seelen
in unserem Universum.

SHEYHRHEK
DIE STERNWESEN

AUTOR:
SÜLEYMAN ÇİLOĞLU

SCIENCE FICTION ROMAN

Bibliografische Information der Deutschen Nationalbibliothek:
Die Deutsche Nationalbibliothek verzeichnet diese Publikation in der Deutschen Nationalbibliografie; detaillierte bibliografische Daten sind im Internet über http://dnb.dnb.de abrufbar.

© 2024 Auflage 01, Süleyman Çiloğlu
Herstellung und Verlag: BoD – Books on Demand, Norderstedt.

ISBN: 9783758313745

Coverbild-Ausschnitt,
Quelle: Gratis-Download

Inhaltsverzeichnis

ZITATE:

1* Schicksal, Zufall, Realität, Vergangenheit und Zukunft sind Begriffe die wir Menschen gerne benutzen, uns jedoch nie bewusst waren das es so etwas auf der Erde für die Menschheit niemals existiert hat.*

2* Ein einfacher Gedankenfunke kann die schöpferischste aber auch die zerstörerischste Kraft im Universum sein. Er kann Planeten, Sonnensysteme, sogar das ganze Universum selbst vernichten.*

3* Der Tod ist sehr oft das bessere Leben.*

4* Das einzig uns bekannte was Zeitreisen durchführen kann sind die Gedanken, sie können ständig in die Vergangenheit und in die Zukunft, die wir uns vorstellen können, hin und her wandern.*

5* Aus Wissen entsteht Phantasie und aus Phantasie Wissen. Beide gehen Hand in Hand, sind unzertrennlich und unerschöpflich.*

6* Wer die Gegenwart zerstört, zerstört auch
die Vergangenheit und die Zukunft.*

7* Die einzig wahre Konstante im Universum
ist die Hoffnung.*

8* Jeder Mensch, der anderen Menschen
wissentlich Leid zufügt,
und sich auf Kosten anderer Menschen
bereichert, verschenkt im gleichen Maße
seine Seele dem Teufel, damit das
Gleichgewicht wieder hergestellt ist.
Jedoch nur solange bis von ihm nur noch eine
leere Hülle vorhanden ist, die schließlich in
sich zusammenfällt.*

9* Seitdem der Mensch vor über 3 Millionen
Jahren seinen Verstand erhalten hat,
und begonnen hat seine Mitmenschen zu
ermorden und ihnen Leid zuzufügen,
um sich zu bereichern, genauso oft,
mit jedem Mord und Verbrechen, wurde auch
die Geschichte der Menschheit und der Erde
verändert, und genauso viele Zeitstränge
existieren bereits parallel zu unserem
heutigen, und es kommen täglich Millionen
neue Zeitlinien hinzu.*

10* Ein Mensch ist erst dann Weise, wenn er andere Menschen dazu bringt auch Weise zu sein.*

11* Was bedeutet Menschlichkeit und Güte? Sich so zu verhalten wie ein Mensch, oder sich nicht so zu verhalten wie ein Mensch ?*

12* Die Anti-Spezies Mensch ist der schlimmste aller Parasiten. Er zerstört nicht nur seinen Wirt, die Erde, sondern auch alle seine Artgenossen und Mitbewohner.*

13* Wer exakt Richtlinien und Befehle befolgt, zu demjenigen kann durchaus irgendwann der Teufel aus der Hölle erscheinen.
Wer Richtlinien und Befehle nicht immer befolgt holt selbst womöglich irgendwann den Teufel aus der Hölle.*

14* Schlechte Therapeuten sehen nur das äußere Leid. Gute, hingegen, blicken auch tief in das Seelenpein und den Charakter eines Menschen und lassen sich von anderen nicht beeinflussen.*

15* Neben unseren Genen und unserem Charakter sind es die Augen, die zum großen Teil bestimmen ob aus uns ein guter oder ein böser Mensch wird.*

16* Träume vermitteln uns das reale Leben unseres anderen Ichs auf Parallel-Welten und Dimensionen in unterschiedlichen Parallel-Universen.*

17* Wenn ein geliebter Mensch stirbt, tut sich innerlich eine Leere unermesslichen Ausmaßes auf, und ein unendlich tiefer Abgrund öffnet sich, der sich niemals verschließt, und einem manchmal verschlingt.*

18* Das Glück ist sehr unglücklich, jedoch das Unglück hingegen, ist sehr sehr glücklich verteilt auf dieser Welt.*

19* hinter der Zeit her zu rennen, mit der Zeit zu gehen und der Zeit vorauseilen, ist alles dasselbe.*

20* Der grausamste aller Tode im Universum
ist das hinterher jagen einer Hoffnung die sich
niemals erfüllen wird.*

21* Die Wahrheit und die Gerechtigkeit gab es
schon ewig, und wird es auch ewig geben.
Die Un-Wahrheit und die Un-Gerechtigkeit,
allerdings, ist allein die Erfindung der Spezies
Mensch und wird es solange geben, solange
die Un-Spezies Mensch existiert.*

22* Alle Sterne im Universum kommunizieren
wie Lebewesen miteinander, durch
Gravitations- und elektromagnetische Wellen.
Wer die Sprache der Sterne entschlüsselt,
der entschlüsselt auch die Sprache und das
Geheimnis des Kosmos und des Lebens.*

23* Der Sinn des Lebens bedeutet, zehn Mal
für andere zu leben, anstatt einmal für sich
selbst.*

24* Trostlosigkeit und Hoffnungslosigkeit, gibt
es nur in der Welt der Menschen, sonst
kommt es nirgends in der Natur vor, auch
nirgends im Universum.*

25* Die Ausdehnung unseres Universums
verhält sich zum Ausmaß des größten Sternes
im Kosmos, genauso, wie die Größe dieses
Sterns zu einem Atom.*

26* Die Sterne senden, aus Ihren Herzen
heraus, unentwegt Weisheit, Demut,
Zufriedenheit, Geduld, Güte und Gerechtigkeit
ins All hinein, und auch zu uns, aber wir
Menschen erkennen dies nicht und können es
nicht verinnerlichen.*

27* Die Ideale, die wir in unseren Phantasien
erschaffen, sind in unserer Realität
unerreichbar.*

28* Die Welt, wie wir sie kennen, ist bereits
die wahrhaftige Hölle. Wir alle werden in sie
hineingeboren. Und das was wir aus unserem
Leben machen, zeigt, ob wir weiterhin in der
Hölle bleiben oder uns in Richtung Paradies
bewegen.*

29* Gott hat das Schicksal erschaffen,
und die Menschen erschufen die Hoffnung.*

30* Ein Vogel weiß nichts über Atome,
der Lichtgeschwindigkeit und das Universum.
Genauso gibt es bei uns Menschen eine
Barriere über die wir nicht hinausdenken
können, auch wenn wir all unser Wissen,
Forschung und Phantasie einsetzen,
werden wir es dennoch nicht begreifen.*

31* Das Leben besteht nicht nur aus Atmen,
Trinken, Essen und Denken. Es besteht auch
daraus, sich ständig für andere zu opfern.*

32* Das heiligste, was es im Universum gibt,
ist die Zeit. Ohne sie gäbe es kein Leben und
keine Gebete. Aber sie ist gleichermaßen das
verfluchteste, denn sie bringt auch den Tod
und die Verzweiflung.*

33* In jedem Menschen steckt schon bei der
Geburt ein Dämon. Nur wenige haben ihn
einigermaßen im Griff, die meisten nicht.*

34* So wie ein Schmetterlings-Flügelschlag in
Australien, das Wetter in Amerika beeinflusst,
so beeinflussen auch unsere Gedanken auf
der Erde die Ereignisse im Universum, die wir
nicht kontrollieren können.
Wie unsichtbare Kugelwolken durchfluten sie
ständig, mit Überlicht-Geschwindigkeit, den
gesamten Kosmos.*

35* Die Erde, und die Lebewesen auf ihr sind
ein Experiment von mächtigen, unsterblichen
Wesen, die uns aus weiter Ferne beobachten.
Sie testen ob sie mit uns, bei Erfolg, den
gesamten Kosmos bevölkern können.
100 Jahre bei uns, sind für diese Wesen wie
eine Sekunde.
Unser Leben ist für sie wie ein aufleuchtendes
Licht, bei der Geburt, das gleich wieder
erlischt, beim Tod. Wenn wir weiterhin uns
gegenseitig weh tun, uns bekriegen und
unseren Planeten zerstören, wird das
Experiment eines Tages für gescheitert
erklärt, und alles vernichtet. *

36* Ehre entspringt unserer Seele, Verstand
aus dem reinen Geist *

37* Die Dreidimensionale Vergangenheit
schiebt die Zweidimensionale Gegenwart
ständig vor sich her und baut sich immer
weiter auf. Eine Zukunft gibt es nicht,
und hat es nie gegeben. *

38* Hinter der Zeit verbirgt sich eine dunkle
Kraft, die noch nicht ergründet ist.
Sie beeinflusst, die Materie, das Leben, das
ganze Universum, gar die gesamte Existenz.*

39* Außerirdische NANO-Parasiten, die sich
als Luftmoleküle tarnen, haben bereits seit
Millionen von Jahren Fauna und Flora, sowie
die gesamte Menschheit, in ihrer Gewalt. *

40* Gerechtigkeit ist nur so viel wert, wie die
Person die es ausspricht. *

41* Das Herz, die Seele und die Gedanken
senden unentwegt Signale ins All.
Sind alle 3 Signale guten Glaubens, werden
sie erhört, sind sie jedoch bösen Glaubens,
gehen sie in der Unendlichkeit verloren. *

42* Universen existieren stets als Zwillinge.
Neben unserem Universum befindet sich ein
Zwillings-Universum, das Zwillingsversum.
Zwischen ihnen findet ein reger
Materieaustausch statt.
Die Verbindungselemente sind die, in sich
geschlossenen, Kosmischen Bänder,
die sogenannten Kosmischen Ringe.
Ihre Form ähnelt etwas die eines Megaphons.
Diese sind weitaus mächtigere Objekte als die
"Schwarzen Löcher".
Es sind gigantische Kosmische Trichter,
die die Materie außen ringförmig "ansaugen"
und durch ein Strudelsystem ins Zwllings-All
befördern und umgekehrt.
Die dunkle Mitte ist kein Loch, sondern fast
unendlich hoch verdichtete Gase und Nebel,
welches jegliches Licht verschluckt.
Ohne diesen Materie- und Energieaustausch
zwischen unserem Schwester-Universum
könnte keine der beiden existieren. *

43* So etwas wie eine "Dunkle Materie" gibt
es nicht, jedoch existiert die "Inverth Materie",
auch "Inverth Element" genannt,
nicht zu verwechseln mit der Antimaterie.
Diese beeinflusst jegliche Bewegung,
Gravitation, Antigravitation sowie alles Leben
und Materie im gesamten Universum.
Die "Inverth Moleküle", bestehend aus, zeitlich
versetzten, rekuperativen Serva-Quanten,
durchfluten das ganze Weltall und sind in uns
und um uns herum allgegenwärtig.
Die Serva-Quanten beschützen und halten
alles Materie, Leben und das ganze
Universum im Gleichgewicht.
Die "Inverth Energie" lässt das Universum
weiter ausdehnen.
Doch mit der heutigen Technologie sind sie
nicht erfassbar. *

44* Wir alle wissen, dass unser Universum
durch einen gigantischen Urknall entstanden
ist. Was wir jedoch lange Zeit nicht wussten
ist, das es 2 Detonationen gab.
Der erste Knall brachte alles Materie auf den
Weg, und erzeugte RAUM und ZEIT.
Kurz danach begann die zweite, weitaus
gewaltigere Explosion. Mit ihr wurde die
gesamte Energie und Strahlung verteilt.

Sie war das Vielfache der ersten und der
eigentliche Urknall, der "Motor der Existenz".
Diese schob die erste Druckwelle vor sich her.
Doch, durch die enorme Wucht, wurde ein Teil
an der ersten Druckwellenfront wieder zurück
reflektiert, ins Zentrum, und sog dabei etwas
Materie mit sich.
Hätte es die zweite Explosion nicht gegeben,
hätte sich unser Universum nicht auf die
heutige unvorstellbare große Dimension
ausdehnen können, und alles Materie,
aus denen unzählige Galaxien entstanden,
wäre auch nicht so weit verstreut wie heute.
Der zweite Knall bewirkte das sich der
Kosmos weiterhin ausdehnt.
Durch die zurückreflektierte Materie
entstanden im großen Umfeld, um das
Zentrum des Weltalls herum, ebenfalls Sterne,
Galaxien, Planeten und Leben bildete sich.
Das alles lässt vermuten, das sich hinter den
zwei Ur-Explosionen eine Intelligenz verbirgt.*

45* Unser Universum "atmet" wie ein Lebewesen. Es dehnt sich nicht kontinuierlich, sondern in Schüben aus. Nach einer Dehnphase kontrahiert es, wobei die Expansion deutlich stärker ist als die Kontraktion.*

Wenn man STERNEN ein Stück ihrer Würde,
ein Stück ihrer Seelenenergie und ein Stück
ihres Lebenswillens nimmt, verzweifeln,
trauern und weinen sie genauso wie wir
HUMANOIDEN.

VORGESCHICHTE:

Vor vielen Millionen von Jahren lebten in
verschiedenen Galaxien die Sternwesen,
die Sheyhrhek.

Sie waren Energiewesen dessen Heimat und
Lebensort die oberen Schichten der Sterne
war.

Das bläuliche Plasma auf der Oberfläche
bestimmter Sterne, hervorgerufen durch das
seltene Element Zha´sh, diente ihnen als
Nahrung.

Doch dies hatte für den Stern keinen
merklichen Einfluss.

Die Wesen und der Stern gingen eine Art
Symbiose ein, durch die, beide profitierten.

Sie lebten so lange, solange ihr Stern am
Leben war.

Wenn es zu Ende ging und der Stern sich in
eine Supernova verwandelte, starben sie auch
mit ihrem Stern zusammen.

Die anmutigen Wesen waren sehr sanftmütig
und hilfsbereit.

Sie konnten ihre Körpertemperatur regulieren,
waren imstande durch den Weltraum zu
bewohnten Planeten zu schweben und ihr
Erscheinungsbild der den Einheimischen
anzupassen.

Zu Anfang hielten die Planetenbewohner die
Wesen für Götter.

Denn die Sternwesen konnten mit nur einer
Berührung des Bodens, abgestorbene Felder
wieder fruchtbar machen.

Auch konnten sie das Wachstum der Pflanzen
beschleunigen, das Planetenklima erträglicher
gestalten und die Welten vor
Kometeneinschlägen oder anderen Gefahren
bewahren.

Die Einheimischen waren unendlich dankbar,
für die Hilfe und Wunder, die sie bekamen und
erfahren durften, und sie fingen an die
Sternwesen anzubeten.

Doch die Sheyhrhek wollten nicht angebetet
und verehrt werden.

Sie erklärten den Weltenbewohnern, das sie
genauso ein Volk sind wie sie selbst, und das
sie gerne helfen würden.

Auch wenn sie gewisse Fähigkeiten hätten
wären sie nicht bedeutender als andere
Völker.

Und das sie genauso Nahrung aufnehmen,
schlafen und auch, wenn die Zeit gekommen
ist, sterben müssen.

Den Sternwesen war es wichtig, dass die
Humanoiden Wesen erfahren, dass alle
Völker im Universum gleichberechtigt und
gleichbedeutend sind.

Doch als die Planeten-Spezies technologisch
fortschrittlicher wurden, interstellare Reisen
durchführen konnten und fürchterliche Waffen
erfanden, traten radikale Bewohner vor und
hinterfragten die Existenz der Sternenwesen.

Sie stachelten die Bevölkerung auf und
behaupteten, die Wesen würden die Sterne
aufzehren, so das bald nichts mehr übrig
bliebe.

Und sagten, das die Sternwesen so große
Macht hätten, das sie mit nur einer Berührung
Planeten zerstören könnten.

Die Ängste und das Misstrauen wuchsen
rasch heran.

Hass und Zwietracht wurde gesät,
und verbreitete sich durch alle Galaxien
und Welten.

Bis irgendwann die Humanoiden-Spezies, die
Sternwesen überall verfolgten, jagten und sie
mit schrecklichen Waffen abschlachteten.

Das grausamste, furchterregendste und
größte Genozid in der Geschichte des
Universums begann.

Die Sheyhrhek wurden zu Aber-Milliarden
pulverisiert und getötet.

Eine Zeit unsäglichen Leidens traf die
Sternwesen.

Alle dachten das sie nun endlich nicht mehr
existierten, doch die drei letzten ihrer Art
überlebten mit viel Glück und Wunder.

Sie schwebten zu der entferntesten und
entlegensten Galaxie und Stern im Weltall,
versteckten sich dort und lebten in der
Abgeschiedenheit.

Auch gab es keine bewohnten Planeten in der
Nähe.

Durch das schreckliche Trauma, das sie
erlitten, konnten sie sich nicht mehr
reproduzieren, und keinen Nachwuchs
bekommen.

Sie stürzten in eine unendliche Traurigkeit und
Verzweiflung und Hoffnungslosigkeit.

Doch es entwickelte sich auf einem der
Planeten, der in der habitablen Zone lag,
langsam das LEBEN.

Nach weiteren zwei Millionen Jahren,
entstanden primitive Siedlungen
und Landwirtschaft.

Die Bewohner nannten sich Thaarph´haner.

Eines Tages bedrohte ein gigantischer Asteroid das gesamte Leben auf dem Planeten auszulöschen.

Das weibliche Sternwesen konnte das nicht mit ansehen und wollte helfen.

Aber sie wurde von den anderen zwei männlichen Wesen zurückgedrängt nicht einzugreifen.

Die erinnerten sie daran, was diese humanoiden Kreaturen ihnen und ihrem Volk angetan hatten.

Thhor´rhaan: "sich denen zu zeigen und wieder zu helfen würde uns alle in Gefahr bringen".

Mhhal´zhhun: " ich stimme Thhor´rhaan zu, es ist viel zu gefährlich und riskant".

Szhhen´hhev: " ich kann nicht gewissenlos zusehen wie eine ganze Spezies vernichtet wird, so etwas tun wir nicht, wir erhalten Leben".

Szhhen´hhev, ungeachtet der anderen zwei,
flog zum Asteroiden und zerstörte diesen in
kleinste Bruchstücke, gerade noch vor dem
Atmosphären-Eintritt.

Millionen von Sternschnuppen regneten auf
die Welt.

Für die Bewohner war es ein großes
Spektakel, denn sie wussten nicht was da
geschah.

Aber dieses Ereignis prägte die Geschichte
dieser Welt.

Doch das "Unendlich Böse" nahm weiter
seinen Lauf und lauerte.

Zufällig flog ein, durch technische Störung
verirrtes, Raumschiff des Uhht´lhhan Volkes
am Rande dieses Sternensystems vorbei und
zeichnete diesen Vorfall auf.

Sie konnten auch nicht mehr richtig
manövrieren und hatten wenig Treibstoff.

Die Mannschaft des Raumschiffes konnte
nichts mehr tun.

Sie stürzten auf einen der unbewohnten
Planeten ab.
Alle kamen ums Leben.

HAUPTGESCHICHTE:

Weitere 10000 Jahre später.

Ein Reisender-Schiff des Vhhol´lhhan-Volkes,
war auf der Suche nach Rohstoffreichen
Planeten.

Plötzlich erfasste eine ihrer Sensoren ein
großes Metallobjekt, auf der Oberfläche von
einem der zahlreichen Planeten.

Sie gingen dem nach, landeten in der Nähe
und liefen zum Objekt.

Es war das abgestürzte Raumschiff der
Uhht´lhhaner, vor 10000 Jahren.

Die Vhhol´lhhaner sahen, das das Schiff sehr
alt war, dennoch untersuchten sie es.

Der erste Offizier registrierte mit seinem
Scangerät, das einer der Datenbanken noch
einigermaßen funktionierte.

Es war mit einer externen nukliden
Stromquelle und mit den Solarpaneelen,
außen am Schiff, verbunden.

Nicht alle Daten waren verloren, einige der Aufzeichnungen und Logbucheinträge konnten noch gerettet werden, zum Erstaunen aller, nach so vielen Jahren.

Unterwegs sahen sie sich die heruntergeladenen Videodaten an und konnten ihren Augen nicht trauen.

Ein glühendes Objekt, das aussah wie ein Lebewesen mit Armen und Beinen, flog aus dem bläulich flackernden Bereich eines Sterns heraus zu einem der Planeten und zerschmetterte mit nur einer Handberührung einen riesigen Asteroiden, und flog wieder zurück zum Stern.

Mehrmals untersuchten sie das Material auf Manipulationen, fanden aber keinen Hinweis darauf, die Aufzeichnung war Real.

Das Vhhol-Raumschiff flog weiter in Richtung einiger bewohnter bekannter Welten, zwei Sternensysteme weiter, und kam auf dem Planeten Whhalh an.

Sie wollten dort einen Zwischenstopp einlegen, um Vorräte aufzufüllen.

Das erste was sie taten war im Pub die prall
gefüllten Laderäume ihres Schiffes mit
wertvollen Rohstoffen und Materialien zu
feiern, und zu entspannen.

Doch in diesem Lokal war auch zufällig einer
der Häscher von Desporator Zhhark´khhon,
der zufällig mitbekam wie einer der
betrunkenen Vhhol´lhhaner sich aus Versehen
verplapperte und von dem Geschehen im
entfernten fremden Sternen-System erzählte.

Sein Kamerad kam zu ihm und stoppte ihn
weiterzureden: " sei still, du Narr, wer weiß
wer alles mithört, diese Informationen sind
streng geheim und nur für unseren
Präsidenten bestimmt".

Der Häscher verließ daraufhin das Lokal,
lief zur Andock-Rampe des Raumschiffes,
brach ein und suchte nach den geheimen
Logbüchern und Aufzeichnungen.

Er fand diese und lud die Daten herunter.
Als er fertig war, kam Nichtsahnend die
Schiffs-Crew zurück.

Der grausame Garden-Soldat tötete die gesamte Mannschaft, zerstörte das Schiff, und flog mit seinem Raumkreuzer Richtung Chhö´phh, Heimatplanet von Desporator Zhhark´khhon.

Als das Schiff ankam und am Palast des Herrschers andockte, lief der Soldat direkt zu seinem Meister.

Soldat Bhhe´hl:" Meister, ich denke ich habe die Informationen gefunden, die ihr schon lange gesucht hattet".

Zhhark´khhon:" wenn das wieder falsche Berichte sind, schmeiße ich dich, wie die Zweihundert anderen vor dir, den Krhaa´fh zum Fraß vor".

Er sah sich die Aufzeichnungen an, und war nun überzeugt das gefunden zu haben, was er ein Leben lang gesucht hatte, überlebende Sternwesen.

Zhhark´khhon:" Bhhe´hl, du hast mich tatsächlich noch nie enttäuscht, und ich denke, das wirst du auch in Zukunft nicht".

Soldat Bhhe´hl:" Danke Meister, das werde
ich nicht".

Zhhark´khhon:" diese Informationen bleiben
unter uns, niemand darf davon erfahren".

Soldat Bhhe´hl:" Ja, Meister".

Zhhark´khhon:" Bhhe´hl, es ist ein Wunder.

Seit ich ein Kind war, habe ich hunderte
Bücher, tausende Berichte und
Dokumentationen über diese imposanten
Sternwesen gelesen, sämtliche Märchen,
Legenden und Fabeln.

Ich habe immer fest daran geglaubt, dass es
sie noch gibt, und nie die Hoffnung
aufgegeben".

Soldat Bhhe´hl:" Meister, was sind das für
Wesen".

Zhhark´khhon:" Götter, Bhhe´hl, Götter.
Und sie werden mich auch zu einem Gott
machen".

Zhhark´khhon, Sproß von Bhrat´khhon, einer, durch Verrat und Mord, mächtig gewordenen Sektenfamilie, wollte seinen verstorbenen Vater, in der Anzahl der eroberten Sternensysteme, weit übertreffen, und hatte einen äußerst arglistigen und grausamen Plan.

Sofort ließ er mit den Vorbereitungen beginnen um das fremde Sternensystem zu suchen und die Sternwesen zu finden.

Nach drei Wochen Flug war es dann soweit. Bevor sie in das System einflogen, tarnten sie sich und begannen alles zu scannen und zu beobachten.

Sofort schickte Zhhark´khhon Dutzende getarnte Sonden los, die sich um den Stern verteilten.

An dem primitiven Volk, auf dem bewohnten Planeten, mit über zwei Milliarden Einwohnern war Zhhark´khhon nicht besonders interessiert.

Sein ersehntes Ziel war es die Sternwesen zu finden und sie gefangen zu nehmen.

Er hatte große Pläne mit den göttlichen
Kreaturen.

Dafür hatte er jahrzehntelange
Vorbereitungen durchgeführt.

Aufgrund seiner Kenntnis und sein Studium
über diese Wesen, ließ er in Voraussicht sie
irgendwann zu finden, spezielle,
ausbruchsichere Kammern, aus sehr
seltenen und hochhitzebeständigen
Materialien fertigen.

Die dreifachwandigen Ehl´lhaam -Kammern
besaßen eine separate, interne Energiequelle.

Dann, nach tagelangen Beobachtungen und
Ungeduld, erfasste eine der Sonden
Lebenszeichen und Bewegung auf der Stern-
Oberfläche.

Nichtsahnend kamen die drei Sternwesen,
Thhor´rhaan, Mhhal´zhhun und Szhhen´hhev
auf die Oberfläche zur Nahrungsaufnahme
und zur Beobachtung, ob mit dem bewohnten
Planeten alles in Ordnung ist.

Eine grausame Freude und Jubel übermannte
Zhhark´khhon, böse Gedanken durchströmten
ihn.

Um die Wesen zu betäuben, und zu fangen,
entwickelte er einen ausgeklügelten
Schallwellen-Torpedo,

Er schoß drei dieser Torpedos ab, die sich
getarnt über den Wesen platzierten.

Diese sandten dermaßen starke Schallwellen,
mit ständig veränderten Frequenzen, aus,
so dass die Wesen, betäubt, in einer Art
Schallkäfig, gefangen wurden.

Mit einem Traktor-Strahl wurden sie
hochgezogen in das Innere der Torpedo-
Einheit.

Diese flogen zurück zum Flaggschiff des
Desporators.

Nach ungefähr zwei Stunden wachten die drei
Sternwesen, gefangen in den durchsichtigen
Ehl´lhaam-Kammern, auf.

Zhhark´khhon:" ich bin Zhhark´khhon,
Herrscher über Hunderte Welten.

Über euch gibt es Tausende verschiedene
Legenden und Märchen, ihr seid ein Mythos,
welches ich endlich entschlüsselt habe.

Nach Millionen von Jahren habt ihr also doch
noch überlebt".

Er sprach alle drei an:" wie viele gibt es noch
von euch?".

Doch sie sagten nichts.
Da betätigte Zhhark´khhon einen Sensor an
seinem Handgelenk, und mächtige
Energiestrahlen und Schallwellen
durchströmten die Kammern.

Die Wesen hielten ihre Ohren zu und schrien
vor Schmerzen, doch sie sagten immer noch
nichts.

Da erhöhte Zhhark´khhon die Intensität.

Thhor´rhaan hielt es nicht mehr aus und
sagte:" hören sie auf, wir sind die drei letzten
Sheyhrhek, was wollen sie von uns".

Zhhark´khhon:" von euch allen nichts, nur von
einem von euch.

Ihr werdet tun was ich euch sage, ihr werdet
mir helfen auch einer von euch zu werden, ein
Gott zu werden.

Mhhal´zhhun:" wir sind keine Götter, du irrst
dich".

Zhhark´khhon:" für mich schon, ich freue mich
schon auf unsere Partnerschaft".

Zhhark´khhon wollte, im Gegensatz zu den
Meuchelbanden vor Millionen von Jahren,
die die Sternwesen umbrachten, sie benutzen
um sein Herrschaftsbereich zu vergrößern,
um ihre Fähigkeiten auszubeuten.

Am anderen Tag ließ Zhhark´khhon
Thhor´rhaan abholen.

Vier Soldaten liefen zur Kammer betäubten
Thhor´rhaan, nahmen ihn heraus und legten
ihn auf eine Trage.

Szhhen´hhev:" was macht ihr mit ihm,
wo bringt ihr ihn hin".

Soldat:" keine Sorge, ihm passiert nichts,
Meister Zhhark´khhon möchte mit ihm reden".

Dann brachten sie Thhor´rhaan in ein
hochtechnisches Labor.

Als er nach einigen Stunden aufwachte,
steckte er in einer Art Energie-Skelet.

Thhor´rhaan:" was ist das, was habt ihr mit mir
gemacht".

Zhhark´khhon:" das ist so eine Art mobile
Kammer.

Nicht das du deine Körpertemperatur
Millionen Grad erhöhst und uns alle zu Asche
verwandelst.

Die anderen zwei bleiben in den Kammern,
und wenn du tust was ich dir sage, passiert
denen nichts, sie sind dann geschützt und
bekommen auch Nahrung.

Doch wenn du mir widersprichst, gibt es
Intensitäts-Stufen, bei denen eure Körper
derart in Schwingung gesetzt werden,
so dass sie irgendwann ins Nichts verpuffen.

Die Schmerzstufen, die ihr erfahren habt,
waren noch die harmlosesten.

Thhor´rhaan:" was willst du von mir".

Zhhark´khhon:" das sage ich dir, wenn es
soweit ist".

Zhhark´khhon hatte als erstes vor gegen
seinen verhassten Erzfeind vorzugehen,
gegen den er, in der Vergangenheit, viele
Verluste hinnehmen musste.

Die Energiesturm-Waffen vom Feind wirbelten
einen Großteil seiner Armee in Stücke.

Als die Mobilmachung abgeschlossen wurde,
flogen seine Schlachtschiffe in das, zehn
Lichtjahre entfernte, Lhheb´bhan-System.

Die Lhheb´bhaner erwarteten Zhhark´khhons
Armee bereits und machten ihre
Energiewaffen scharf.

Da befahl Zhhark´khhon, Thhor´rhaan, aus
der Schleuse zu fliegen und alle
Lhheb´bhanischen Raum-Schiffe zu berühren,
und sie in Stücke zu zerschmettern.

Außer dem Hauptschiff des Feindes.
Das wollte er persönlich zerstören.

Thhor´rhaan weigerte sich:" das kann ich
nicht, das widerspricht unserem Wesen,
unserer Seele, wir erhalten und beschützen
Leben und zerstören Sie nicht".

Da zeigte Zhhark´khhon am Bildschirm die
zwei Kammern seiner Kameraden im Palast.

Er drehte die Intensitäts-Stufe derart hoch,
dass die zwei Sternwesen in den Kammern
sich vor Schmerzen krümmten und
fürchterlich schrien.

Zhhark´khhon:" wie ist es, soll ich noch weiter
aufdrehen".

Thhor´rhaan:" ist schon gut, hört auf,
ich mache es".

Zhhark´khhon:" nur das Energie-Feld an
deiner rechten Hand wird abgebaut, wenn du
aus der Luftschleuse fliegst, wenn du wieder
zurückkommst baut sich das Feld wieder auf".

Er flog aus dem Flaggschiff von Zhhark´khhon
heraus, und berührte die Schiffe der
Lhheb´bhaner.

Deren Waffensysteme konnten Thhor´rhaan
nicht erfassen, weil er zu schnell flog.

Einer nach dem anderen wurde in Stücke
gerissen.

Viele Hundert-Tausende von Toten.
Dann kehrte Thhor´rhaan zum Schiff zurück.

Zhhark´khhon funkte das Hauptschiff der
Lhheb´bhanischen Flotte an, und sprach zu
Zhhab´bjan, dem Hauptbefehlshaber der
gegnerischen Flotte:"

Zhhab´bjan, ich habe dir doch versprochen
das ich zurückkommen und mich fürchterlich
rächen werde.

So jetzt bist du dran, und dann deine ganze
Welt".

Zhhab´bjan:" ein Sheyhrhek, unmöglich.

Du benutzt ein Sternwesen für deine
Gräueltaten, wie hast du sie dazu gebracht dir
zu folgen, wo hast du sie gefunden, sie leben
noch, das ist doch nicht möglich.

Verschone bitte meinen Planeten, die meisten
sind nur unschuldige dort, Frauen, Jünglinge,
Alte".

Zhhark´khhon:" ich verspreche dir, es wird
sehr schnell gehen, sie werden kaum etwas
spüren".

Da fasste Thhor´rhaan Zhhark´khhon an der
Schulter und sagte:" es ist genug, es gibt eine
bestimmte Grenze, die ich nicht überschreiten
kann, sonst müssen wir uns selbst
eliminieren.

Außerdem kann nun das Volk auf dem
Planeten für dich arbeiten, es gehört jetzt zu
deinem Volk, ist das nicht profitabler für dich".

Zhhark´khhon:" fass mich nie wieder an,
hast du verstanden, aber du hast recht,
ist gut.

Dann werden wir die Sache hier abschließen
und zurückfliegen".

Zhhark´khhon befahl dem Captain seines
Schiffes das Feuer auf Zhhab´bjans Schiff zu
eröffnen.

Dieser wurde unter dem Beschuss-Hagel
zerschmettert.

Sie flogen wieder zurück nach Chhö´phh.

Im Palast wieder angekommen fiel
Thhor´rhaan in eine lange Ohnmacht.

Das was er getan hatte, war zu viel für ihn,
für sein Gewissen, für seine Seele und für
sein Glauben.

Er wurde wieder in seine Kammer gelegt,
zur Erholung.

Die anderen zwei, Mhhal´zhhun und
Szhhen´hhev riefen nach ihm:"

Thhor´rhaan wach auf, was ist passiert".

Und allmählich, nach fast einem Tag, öffnete
er langsam seine Augen.

Thhor´rhaan:" es war schrecklich, ich kann
das euch nicht erzählen, mein Innerstes lässt
das nicht zu".

Szhhen´hhev:" ich kann es mir schon denken,
ruh dich nur aus".

Mhhal´zhhun:" diese Barbaren, was haben sie
dir nur angetan".

Inzwischen kam ein Phenz´zhhen Krieger mit
seinem Schiff auf dem Planeten Whhalh an.

Er hörte die Ereignisse mit dem Vhhol-
Raumschiff und auch das die Mannschaft
massakriert wurde.

Vom Wirt bekam er die Informationen,
das einer der betrunkenen Vhhol´lhhaner
irgendwas herum faselte von einem
Sternenstrahl das einen Asteroiden zerstört
hat und zum bläulich, flackernden Stern
zurückschwebte, und von einem abgestürzten
Schiff.

Und das einer der Soldaten von Desporator
Zhhark´khhon vor den Vhhol´lhhanern
rausging.

Der Phenz´zhhen Krieger bezahlte den Wirt
und lief zu seinem Raumschiff.

In einer engen Gasse bemerkte er einen
Schatten hinter sich, er wurde verfolgt.

Dann lief er schneller und bog in die nächste
Gasse ein.

Der Verfolger lief hinterher, und nachdem er in
dieselbe Gasse hineinlief, sah er niemanden
mehr.

Plötzlich sprang von oben der Phenz´zhhen
Krieger herunter und bedrohte den Verfolger
mit seinem Messer an dessen Kehle.

Das doppelschneidige, speziell geformte
Messer, war bis auf wenige hundert
Atomdurchmesser geschliffen und extrem
scharf.

Das Phenz´zhhen Volk war berühmt in der
ganzen Galaxie, als beste Waffenschmiede
für Schwert- und Stichwaffen.

Phenz´zhhen Krieger Zhet´th:" ich habe ein
Chadlet´th-Dolch an deiner Kehle,
daher muss ich mich sehr ruhig verhalten,
wer bist du, warum verfolgst du mich":

Verfolger Dhhaan´nh:" ich bin Dhhaan´nh,
ein Chhand´hradch, wenn ich wollte könnte
ich dich sofort dazu bringen dir selbst deinen
Kopf abzuschneiden, aber ich bin nicht als
Feind hier.

Ich bin, genau wie du, auf der Suche nach
Spuren der Sheyhrhek.

Im Lokal habe ich dich mit dem Wirt sprechen
hören.

Wir sind einer der Völker, die den Sternwesen
viel verdanken, falls noch einige Leben,
ist unsere Aufgabe und Ehrenpflicht sie zu
beschützen und ihnen unsere Dienste
anzubieten".

Zhet´th nahm das Messer runter, und schob
es in den Halfter:" ich habe von euch gehört.

Ihr habt die Gabe mit euren Augen,
hundertmal die Sekunde hin und her
schwingen und eurem gegenüber
Anweisungen geben zu können, denen sie
dann willenlos Folge leisten".

Dhhaan´nh:" ja das ist richtig.

Unsere Augen generieren eine optische
Trägerwelle, über die wir unsere Gedanken
transportieren und anderen, über ihre Augen,
einpflanzen können.

Meine Gedanken sind dann mit seinem
Gehirn verbunden, und derjenige tut genau
das was ich denke".

Zhet´th:" versuch das ja nicht bei mir, ich bin
sehr schnell, du weißt zu was ich fähig bin".

Dhhaan´nh:" keine Sorge, wir sind ein
ehrenwertes Volk, und tun niemandem etwas,
die es nicht verdienen.

Warum suchst du nach den Sternwesen".

Zhet´th:" genau wie dein Volk, verdankt mein
Volk seine Existenz den Sheyhrhek.

Vor fast zwei Millionen Jahren haben die
Sternwesen, auf meiner Welt, einen
gigantischen Vulkanausbruch verhindert,
dieser hätte sonst den ganzen Planeten mit
Lava überflutet.

Sonst wäre unsere ganze Spezies
ausgelöscht worden".

Dhhaan´nh:" Ich könnte dir behilflich sein bei
deiner Reise zu diesem Sternensystem und
wollte dich bitten mich mitzunehmen,

Leider habe ich kein Schiff, ich bin per
Anhalter hierhergekommen".

Zhet´th:" gut, ich könnte einen Partner
gebrauchen".

Dhhaan´nh:" der Wirt erwähnte etwas von
einem blauen, flackernden Stern".

Zhet´th:" ja, das sind bestimmte,
Lichtbrechende Sterne, deren Plasma,
in einigen Bereichen auf der Oberfläche,
ein wenig bläulich strahlen.

Verursacht wird das durch bestimmte
Elemente auf der Sternoberfläche.

Ich kenne da ein System mit so einem Stern,
dort lebt das Thaarph-Volk.

Sie sind primitiv, haben aber schon Satelliten
im Orbit, kommt mit".

Die lange Reise zu den Thaarph´hanern
begann.

Inzwischen hatte Zhhark´khhon,
mit Thhor´rhaans Hilfe, fünf weitere Systeme
erobert.

Er wollte so sein Herrschaftsbereich über die
ganze Galaxie ausdehnen.

Nach etwas mehr als zwei Wochen Flug
kamen Zhet´th und Dhhaan´nh im Thaarph-
System an.

Zhet´th lebte dort eine Weile und schloss
Freundschaft mit einem der Einheimischen.

Sie landeten außerhalb der Stadt und liefen
zu einem Haus am Rande.

Zhet´th klopfte an der Tür. Sein Freund
Whil´lhov machte auf.

Zhet´th:" Whil´lhov mein Freund, wie geht es
dir".

Whil´lhov:" Hallo Zhet´th, ein bisschen
eingeschränkt, aber gut, kommt rein und setzt
euch".

Zhet´th:" ist dein Bein gebrochen, was hast du
getan".

Da kam Lhiv´hvo die Treppe herunter,
Whil´lhovs Schwester:" er wollte eine
Hängebrücke bauen, über den Fluss zu
unserem Garten.

Als er es testen wollte brach sie ein".

Whil´lhov:" nun ja. im Brückenbau bin ich
leider nicht so gut, wer ist dein Freund".

Zhet´th:" das ist Dhhaan´nh, vom Volk der
Chhand´hradch.

Wir sind auf einer sehr wichtigen und heiligen
Mission, auf der Suche nach den Sheyhrhek,
den Sternwesen, vielleicht sind das die letzten
ihrer Art.

Auf dem Planeten Whhalh haben wir
Informationen bekommen, das in der Nähe
eines bläulich flackernden Sternes ein
Raumschiff abgestürzt sei, und darin
Informationen enthalten sind, die auf den
Verbleib dieser Wesen hinweisen".

Lhiv´hvo mit lauter Stimme:" wenn ihr sie
gefunden habt, was wollt ihr dann machen,
sie als Sklaven halten".

Whil´lhov:" Lhiv´hvo, wie redest du mit
unseren Freunden, entschuldige dich.
Tut mir Leid Zhet´th".

Zhet´th:" ist schon gut, sie hat recht verärgert
zu sein.

Die meisten Völker in den Galaxien waren,
oder sind es immer noch, brutale Barbaren,
aber nicht alle.

Nur wenige wissen, dass es auch Völker gab,
die für die Sternwesen gekämpft haben,
und auch mit ihnen zusammen.

Die meisten von ihnen wurden auch von der
Mehrheit verfolgt und viele hingerichtet.

Unsere zwei Völker gehören zu dieser
Minderheit.

Wenn es tatsächlich noch überlebende
Sheyhrhek gibt, möchten wir ihnen helfen und
sie beschützen.

Lhiv´hvo:" Whil´lhov, erzähl ihnen alles.
Jeder Tag zählt, wir könnten ihre Hilfe
gebrauchen".

Zhet´th:" was wollt ihr uns erzählen, um was
geht es".

Whil´lhov:" es gibt tatsächlich noch drei
Sternwesen im Universum, aber sie wurden
entführt".

Zhet´th:" lass mich raten, von Desporator
Zhhark´khhon".

Whil´lhov:" ja, woher ...".

Zhet´th:" der Wirt im Lokal, auf Whhalh,
erwähnte das ein Soldat von Zhhark´khhon
vor den Vhhol´lhhanern, die Bar verlassen
hatte.

Ich denke, dass er die Informationen geraubt
und dann die Mannschaft des Schiffes getötet
hat.

Wann war das, wie ist das passiert?".

Whil´lhov:" vor ungefähr drei Monaten kamen
die Schiffe von Zhhark´khhon an, betäubten
die Wesen mit einer Art Schallwaffe, und
entführten sie in einer Kapsel eingesperrt.

Uns ignorierten sie, wahrscheinlich waren wir
zu primitiv für sie und nicht beachtenswert.

Doch wir verbergen unsere Technologie vor
Außenstehenden.

Die gesamten technologischen Anlagen,
Raumschiffe und Gerätschaften sind alle
unterhalb der Planeten-Oberfläche gelagert
und aufgebaut.

So fallen wir nicht besonders auf, für den Rest
der Galaxie".

Zhet´th:" ihr erstaunt mich immer wieder,
aber warum habt ihr dann keinen
Rettungsplan entwickelt und gehandelt".

Lhiv´hvo:" das haben wir, und wir wollten
schon längst loslegen mit der gesamten
Flotte.

Doch dann kam eine Nachricht von einem
unserer Späher-Schiffe das Zhhark´khhon
eines der Sternwesen umgedreht hat oder
es zwingt für ihn zu arbeiten.

Mit seiner Hilfe hat Zhhark´khhon schon dutzende Systeme angegriffen und erobert, ohne merklichen Verluste seiner Armee.

Die meisten seiner Gegner gaben schon vorher auf und kapitulierten gleich, als sie von dem Sternwesen erfuhren.

Deren Schiffe wurden alle beschlagnahmt.

Wir wissen nicht wo er die anderen Sternwesen gebracht hat.

Ich denke, dass er sie als Geiseln gefangen hält, und foltert.

Denn sonst ist es undenkbar, dass ein Sternwesen solche grausamen Taten begeht und einen psychopatischen Schlächter unterstützt".

Dhhaan´nh:" wenn wir den Aufenthaltsort der anderen beiden Sternwesen finden, und sie befreien könnten, würde der freie Sheyhrhek sich gegen Zhhark´khhon wenden".

Zhet´th:" du hast recht Dhhaan´nh, wir
müssen Zhhark´khhons Armee unterwandern
und jemanden finden der uns verraten kann
wo die Wesen gefangen gehalten werden.

Deine Fähigkeiten werden wir noch brauchen.

Morgen machen wir uns wieder auf den Weg
und suchen weitere Verbündete.

Allerdings sollten wir in kleiner Anzahl hin,
und alles unauffällig auskundschaften,
sonst würden sie das merken".

Lhiv´hvo:" ich komme mit euch, ich kenne
einen Freund, der Vertrauenswürdig ist,
aber dieser wird nur mit mir sprechen wollen".

Zhet´th:" du warst schon mal im Weltraum,
und auf anderen Planeten ?".

Lhiv´hvo:" schon öfter, nicht nur das, ich bin
Captain eines unserer Raumschiffe".

Zhet´th:" unglaublich, nicht zu fassen,
ich war also die ganze Zeit ein Primitiver".

Am nächsten Morgen machten sich die drei
auf den Weg zum Planeten Mhelew´whe.

Als sie in die Atmosphäre eintreten und
landen wollten, verlor Zhet´th die Kontrolle
über sein Raumschiff.

Zhet´th:" was ist nun los, ich kann nichts mehr
steuern, das Schiff lenkt sich von alleine".

Lhiv´hvo:" nur die Ruhe, ich weiß was los ist,
entspannt euch, lasst das Schiff von alleine
landen".

Zhet´th und Dhhaan´nh waren ratlos und
begriffen immer noch nicht was da geschah.

Als das Raumschiff landete, stiegen sie aus,
und der Freund von Lhiv´hvo erwartete sie
alle bereits.

Phel´lwho:" herzlich willkommen auf
Mhelew´whe, ich bin Phel´lwho,
wie war der Flug".

Lhiv´hvo:" hallo Phel, deine Landungen
werden immer besser.

Das sind Zhet´th und Dhhaan´nh,
vertrauenswürdige Verbündete.

Wisst ihr, Phel´lwho ist ein erfindungsreicher Ingenieur und der beste Hacker in der Galaxis.

Er übernimmt jedes Mal mein Raumschiff, wenn ich ihn besuche.

Zhet´th:" erstaunlich, mein Schiff zu hacken, hat bisher niemand geschafft, aber mach das nie wieder".

Phel´lwho:" Lhiv hat mich vorab schon über alles informiert.

Ich muss noch ein paar Vorbereitungen machen, und morgen früh können wir loslegen, mein Haus ist euer Haus".

Am nächsten Morgen machten sich alle vier, mit Zhet´ths Raumschiff, auf den Weg in Richtung Planet Chhö´phh.

Unterwegs erhielten sie die Nachricht, das Zhhark´khhons Flotte unterwegs war zum Lheent´than-System.

Lhiv´hvo:" nein, nicht die Lheent´thaner, wir handeln mit ihnen schon seit vielen Jahrzehnten.

Sie sind ein stolzes, aber auch ein stures Volk
und nicht dafür bekannt aufzugeben.

Wir müssen etwas tun, sonst werden Millionen
sterben, sie kennen die Sternwesen nicht,
und würden überrascht werden".

Zhet´th:" Lhiv´hvo, kannst du mir auf dem
Display zeigen wo das Lheent´than-System
liegt".

Lhiv´hvo:" genau hier".

Zhet´th:" wir sind zwei Tage entfernt, und viel
näher am System als Zhhark´khhons Flotte,
und können fünf Tage vor ihm dort
ankommen.

Ich habe da einen Plan aber ich werde deine
besten Ingenieurs-Künste benötigen, die du je
gezeigt hast, Phel´lwho.
Also hört mal alle zu".

Zhet´th erklärte schrittweise seinen Plan.

Zhet´th:" Lhiv´hvo, gibt es in der Nähe des
Lheent´than-Systems einen Raumschiff-
Friedhof".

Lhiv´hvo:" ja, die Lheent´thaner handeln auch mit Schiffs-Komponenten, die haben mehrere solcher Friedhöfe".

Zhet´th:" wir müssen aus diesen Schrottteilen eine Flotte von fünf bis achttausend Lheent´than-Schlachtschiffen basteln".

Lhiv´hvo:" aus Schrott, in sieben Tagen?".

Dhhaan´nh:" ich denke, ich weiß was Zhet´th vor hat.

Doch ich habe da auch eine Idee, vielleicht gelingt es mir herauszufinden wo die anderen zwei Sheyhrhek festgehalten werden ".

Zhet´th:" es müssen genügend große Schrotthaufen an der Grenze des Lheent´than-Systems platziert werden, so weit wie möglich weg von den Hauptwelten.

In die Schrotthaufen wird ein Detonator versteckt, mit genügend großer Sprengkraft, das bei Berührung zündet.

Lhiv´hvo, wie viele Hauptgeschütze haben die Lheent´than-Kreuzer ?".

Lhiv´hvo:" je eins seitlich, insgesamt zwei.

Diese Geschütze haben eine besondere
Technologie, sie kompensieren den Rückstoß
selbst, und schießen vibrationsfrei".

Zhet´th:" das ist besser als ich dachte,
das wird uns viel Zeit sparen.

Pro Schrottballen werden zwei dieser
Geschütze, im selben Abstand wie die der
Lheent´than-Schiffe, angebracht.

Jetzt kommt dein Part Phel´lwho.

Über all diesen Schrott wirst du Lheent´than-
Schlachtschiff-Hologramme darüberstülpen,
die realistisch wie möglich aussehen müssen.

Kriegst du das hin?".

Phel´lwho:" Hologramme zu generieren wäre
kein Problem, jedoch in dieser kurzen Zeit so
viele Emitter herzustellen, das wird knapp".

Zhet´th:" Lhiv´hvo, funk bitte, über einen
verschlüsselten Kanal, die Lheent´thaner an,
und erkläre ihnen die Lage.

Die sollten mit den Vorbereitungen, so schnell
wie möglich beginnen, bevor wir eintreffen,
und wir bräuchten noch Optische
Spezifikationen von ihren Schlachtschiffen
für Phel´lwho.

Lhiv´hvo:" leicht wird das nicht, aber ich gebe
mein bestes, sie zu überzeugen".

Mit Höchstgeschwindigkeit rasten sie zum
Lheent´than-Volk um ihnen zu helfen.

Lhiv´hvo:" ich habe sie erreicht und konnte mit
dem Flotten Commander Hehw´whig reden.

Begeistert war er nicht, am liebsten hätte er
gekämpft, doch als ich die Sternwesen
erwähnte und deren Fähigkeiten, da war er
doch sehr nachdenklich.

Also, sie akzeptieren den Plan, und fangen
sofort an. Die Daten über das Aussehen ihrer
Schiffe haben wir bekommen.

Phel´lwho:" gut, ich fange gleich an".

Nach ungefähr einigen Stunden Flug traf
plötzlich etwas das Schiff.

Ein gewaltiges Ruckeln ging durch die ganze
Hülle, und der Antrieb fiel aus.

Zhet´th:" war das eine Kollision ".

Dhhaan´nh sah aus dem Sichtschirm:"
so was ähnliches, ein Beschuss".

Selh´lhok, Captain des Piratenschiffes:"
Gebt uns eure Vorräte und euren Treibstoff-
Vorrat, dann könnt ihr weiterziehen".

Zhet´th:" ihr seid vom Thhal´lhok-Volk,
ich erkenne euer Schiff.

Seit wann kapert ihr Vorbei-Reisende, dafür
seid ihr nicht bekannt".

Selh´lhok:" seitdem der Größenwahnsinnige
Zhhark´khhon unsere Welten erobert und uns
kaum etwas übrig gelassen hat.

Wir sind drei Schiffe und ihr nur einer,
eure Schilde werden nicht lange halten.

Ihr hättet eure Tarnvorrichtung aktivieren
sollen, also ich gebe euch fünf Minuten
Bedenkzeit".

Zhet´th:" wir sind auf einer sehr wichtigen
Mission gegen Zhhark´khhon, lasst uns
gehen".

Selh´lhok:" das interessiert uns nicht, Vorräte
und Treibstoff, noch vier Minuten".

Zhet´th:" Vorräte haben wir kaum,
aber Treibstoff kann ich denen auch nicht
überlassen, sonst wird es knapp,
irgendwelche Vorschläge?".

Dhhaan´nh:" ich versuche mal was, hab ich
noch nie ausprobiert, schaltet den Sichtschirm
wieder ein".

Als der Kommunikations-Schirm wieder
eingeschaltet wurde, fing Dhhaan´nh an mit
seiner Augen-Vibration, viel stärker als sonst
üblich.

Plötzlich fing Captain Selh´lhok an, ohne ein
Wort zu sagen, zum Waffenpult zu laufen, auf
die Geschütze der anderen zwei Schiffe zu
feuern und außer Gefecht zu setzen,
dann die eigenen Waffen und Antrieb zu
deaktivieren und die Abschussvorrichtung zu
verschlüsseln.

Die Mannschaft war verdutzt und irritiert,
und begriff nicht was los war.

Dhhaan´nh:" Zhet´th , gib Gas, lass uns
verschwinden, bevor sich die Verwirrung von
denen legt, und schalte diesmal die Tarnung
ein".

Zhet´th:" nur noch ein paar Sekunden,
dann hat sich der Antrieb wieder voll
aufgeladen. OK, los geht´s".

Zhet´th, Lhiv´hvo und Phel´lwho waren selbst
erstaunt und verwirrt.

Lhiv´hvo:" ein Volk mit solchen Fähigkeiten,
kannte ich bisher noch nicht, wirklich
erstaunlich".

Dhhaan´nh:" wir leben eher zurückgezogen
und zeigen unsere Fähigkeiten eigentlich
nicht, nur in Notfällen".

Nach ungefähr eineinhalb Tagen erreichten
sie alle das Lheent´thaner-System.

Nach der Landung begrüßte Commander
Hehw´whig die Crew:" herzlich Willkommen
auf Lheent´than-Prime".

Lhiv´hvo:" danke Commander, das sind
Zhet´th, Dhhaan´nh und Phel´lwho.

Gut eineinhalb Tage von hier wurden wir von
Piraten angegriffen, doch Dhhaan´nh hat uns
aus der Patsche geholfen".

Commander Hehw´whig:" sind sie etwa vom
Chhand´hradch-Volk, ihre Stirnpartie kommt
mir bekannt vor".

Dhhaan´nh:" ja das stimmt, sie kennen uns?".

Commander Hehw´whig:" ja, aus Aufnahmen,
die einer meiner Handelsfreunde auf dem
Planeten Sahhnt´thon mit seiner Kamera
gefilmt hat.

Er hat gesehen, wie jemand aus ihrem Volk
einen brutalen Schläger, der Unschuldige
angegriffen hat, dazu gebracht hat sich selbst
grün und blau zu schlagen, bis zur Ohnmacht.

Dhhaan´nh:" generell halten wir uns zurück,
aber in besonderen Notfällen helfen wir
gerne".

Commander Hehw´whig:" ihr habt was von
Piraten gesagt, wie ist das möglich".

Zhet´th:" durch die Eroberungs- und Plünderungszüge von Despot Zhhark´khhon, wundert es mich nicht dass die Welten Hunger leiden.

Die Piraten werden noch Überhand gewinnen in der Galaxis, das ist nur der Anfang.

Commander, wie sind sie mit den Vorbereitungen vorangekommen?".

Commander Hehw´whig:" nun, wir konnten erst, etwas mehr als 1400 "Schrottbeutel", wenn ich das mal so nennen darf, an unserer Systemgrenze aufbauen, mit samt Geschütze und Detonator.

Wobei die Detonatoren noch nicht scharf geschaltet sind, erst am Schluss, die sind höchst empfindlich.

Ich hoffe nur die Richtung aus der sie kommen werden stimmt auch".

Lhiv´hvo:" ja, unser Horchposten hat das bestätigt".

Zhet´th:" in den nächsten fünf Tagen sollten
wir die Anzahl der Holo-Schiffe auf 6 bis 8
Tausend erhöhen, je mehr desto länger
braucht das Sternwesen alle zu eliminieren,
und wir haben dann mehr Zeit für die Suche
nach den anderen zwei Sheyhrhek.

Phel´lwho, können wir jetzt schon etwas von
deinem Wunder sehen ?".

Phel´lwho:" bisher habe ich 800
programmierte Emitter replizieren können,
da ich jetzt mehr Ressourcen habe, könnte ich
in fünf Tagen bis zu 8000 herstellen".

Zhet´th:" gut, dann fliegen wir los und bringen
die Holo-Emitter an".

Als sie damit fertig waren, nahm Zhet´th mit
seinem Raumschiff eine Frontposition zu den
Holo-Schiffen ein.

Zhet´th:" Phel´lwho, du hast die Ehre".

Als Phel´lwho mit seinem Tab´lhet die
Einschaltsequenz der Emitter, einer nach dem
anderen initiierte, und sich die Hologramm-
Version der Schiffe aufbauten, traute
Commander Hehw´whig seinen Augen nicht.

Commander Hehw´whig:" nicht zu fassen,
saubere Arbeit, mein Junge.

Ich kann absolut keinen Unterschied zu einem
unserer echten Schiffe erkennen, wirklich
Respekt".

Phel´lwho:" danke Commander, aber wir
haben noch eine Menge Arbeit vor uns".

Zhet´th:" Phel´lwho, alle Achtung, du kannst
wieder alles runterfahren".

Da betätigte Phel´lwho, aus Versehen, ein Teil
der Geschütze, zu der er schon im Voraus
Verbindung aufgebaut hatte.

Ein Geschoss detonierte in der Nähe, richtete
aber keinen Schaden an.

Natürlich bekamen alle einen Schreck, vor
allem Phel´lwho, dem es unendlich Leid tat.

Zhet´th:" Phel´lwho, was tust du, willst du uns
pulverisieren, die Schilde waren unten".

Phel´lwho:" tut mir schrecklich leid,
tschuldigung, wird nie wieder vorkommen,
ich hab die Verbindung zu allen Kanonen
gekappt".

Lhiv´hvo:" Puuh, na wenigstens wissen wir,
das alles funktioniert".

In den nächsten Tagen arbeiteten alle auf
Hochtouren, und dann war es soweit.

Commander Hehw´whig:" 7500
Schlachtschiffe, mehr war nicht drin,
das war der ganze Schrott den wir hatten".

Zhet´th:" gut, das muss reichen, verteilen wir
alle Emitter, dann wären wir soweit.
In ungefähr sechs Stunden müssten sie
eintreffen.

Phel´lwho, du musst den Funkverkehr im Griff
haben, wichtig ist das sie denken der
Commander würde von seinem
Führungsschiff aus senden, und nicht von der
Planetenoberfläche".

Phel´lwho:" das krieg ich hin".

Commander Hehw´whig:" zur Sicherheit
werde ich alle Schiffe Kampf- und
Einsatzbereit lassen, falls doch was schief
geht. Uns allen viel Glück, und Euch allen
vielen Dank".

Zhet´th, Dhhaan´nh, Lhiv´hvo und Phel´lwho
verlassen mit Zhet´ths Raumschiff den
Planeten und positionieren sich getarnt,
unweit vom Holo-Flaggschiff der
Lheent´thanischen Flotte.

Zhet´th:" Dhhaan´nh, hast du schon mal
versucht aus einem getarnten Schiff im Weltall
Kontakt mit einem Wesen aufzunehmen?".

Dhhaan´nh:" noch nie, aber wenn es nicht
klappt, merken wir das sowieso nicht, dann
sind wir längst zu Staub zerfallen".

Dann war es soweit.

Die mächtigen Zhhark´khhon-Schiffe,
12000 in der Anzahl, trafen ein, direkt vor den
Lheent´thanischen Kampfschiffen, in Feuer-
Reichweite.

Desporator Zhhark´khhon rief das
Führungsschiff:" übergebt uns alle eure
Schiffe, und ihr könnt alle zum Planeten
zurückkehren, andernfalls werdet ihr
vernichtet".

Commander Hehw´whig:" wir sind eine
Kampferprobte Armee, und lassen uns nicht
einschüchtern von eurer Anzahl.
Kampflos ergeben wir uns niemals".

Zhhark´khhon:" na dann, wie ihr wollt.
Thhor´rhaan geh raus und segne diese
Schiffe für mich".

Als Thhor´rhaan aus der Schiffs-Schleuse
hinausflog, in Richtung des Lheent´thanischen
Flaggschiffes, erfassten ihn die Augen von
Dhhaan´nh.

Die Lheent´thanischen Raumschiffe fingen an
zu feuern.

Zhhark´khhons Flotte feuerte zurück.

Nach wenigen Sekunden Gedanken-
Austausch mit dem Sternwesen sprach
Dhhaan´nh:" los, schnell weg hier, ich habe
alle Informationen".

Zhet´th ging auf Höchtsgeschwindigkeit.

Gleichzeitig fing Thhor´rhaan an, angefangen
mit dem Lheent´thanischen Hauptschiff, alle
nacheinander zu berühren und zu zerstören.

Dhhaan´nh:" nimm Kurs auf Zhhark´khhons
Heimatplanet, ich erzähle euch alles
unterwegs".

Nachdem Thhor´rhaan nach einer Weile alle
gegnerischen Schiffe, die noch übrig waren,
zerstörte flog er wieder zurück.

Zhhark´khhon, außer sich vor Wut:" was sollte
das, warum die Verzögerung am Anfang, und
warum hast du so lange gebraucht diesmal.

Wir haben, durch den Beschuss,
über Tausend Schiffe verloren".

Thhor´rhaan:" mir war plötzlich schwindlig,
vielleicht hatte ich zu wenig Nahrung oder es
lag an der Qualität des Zha´sh.

Wird nicht wieder vorkommen, ich achte
darauf, nächstes Mal".

Zhhark´khhon:" das will ich auch hoffen, sonst
weißt du, was ich tun werde".

Während Zhhark´khhons Männer,
Überlebende Kapseln bergen, flogen Zhet´th
und seine Kameraden nach Chhö´phh.

Dhhaan´nh:" ich habe dem Sternwesen
erzählt, das wir Freunde und Verbündete sind,
und auf der Suche nach seinen zwei
Kameraden um sie zu befreien.

Weiterhin habe ich gesagt, dass die
Raumschiffe Attrappen und keine Leben
gefährdet sind.

Er hat daraufhin geantwortet, das seine
Freunde unterhalb des Palastes von
Zhhark´khhon, in einem geheimen Labor in
Kammern festgehalten werden.

Und, um uns Zeit zu verschaffen, werde er die
Zerstörung der Schiffe, so gut es geht,
verzögern".

Zhet´th:" das alles habt ihr in den wenigen
Sekunden kommuniziert?".

Dhhaan´nh:" das Sternwesen hat eine
unglaublich große Mentale Stärke und
Disziplin.

Er hat gleichzeitig auch aus mir Informationen herausgesogen und mir welche gesendet.

Ein sehr effektiver und schneller Austausch".

Nach drei Tagen Flug, sind sie im Chhö´phh-System angekommen.

Zhet´th:" wir müssen uns überlegen wie wir in den Palast hineinkommen.

Es werden dort hunderte Kamera-Drohnen, jede Menge Sensoren, Geschütze und Haufen Wachen vorhanden sein".

Phel´lwho:" die Sensoren, Geschütze und Drohnen übernehme ich, ihr übernimmt die Wachen".

Zhet´th:" Das ist bestimmt eine Festung.
Aber mit einer Armee können wir nicht hinein, das würde gleich auffallen, und Gegenmaßnahmen mit sich ziehen.

Daher werden Dhhaan´nh und ich, schnell, leise und effektiv hineingehen, die Sheyhrhek befreien und gleich wieder verschwinden ".

Lhiv´hvo:" ich komme mit euch, jemand muss
doch auf euch aufpassen".

Zhet´th:" mir wäre lieber, wenn du auf
Phel´lwho aufpasst, falls sie das Schiff
entdecken und angreifen.

Wir werden den Gleiter nehmen, auf die
Oberfläche fliegen, und uns als Söldner
anbieten.

Vielleicht kommen wir so zumindest erst mal
einfach in das Innere des Palastes".

Phel´lwho:" ooh, das ist nicht gut".

Lhiv´hvo:" was ist?".

Phel´lwho:" um den Palast herum besteht ein
sehr starkes Dämpfungsfeld.

Vom Orbit aus kann ich nicht in deren
Systeme eindringen.

Außerdem besteht, um den Planeten herum
ein Sensorgitter, auch wenn wir getarnt
wären, würden wir Alarm auslösen.

Entweder ich komme mit euch im Gleiter oder
wir landen regulär mit dem Schiff".

Zhet´th:" lasst mich nachdenken.
Hmm, nun ja, uns bleibt nichts anderes übrig,
wir müssen unsere Taktik ändern.

Wir fliegen als Händler hinein.
Doch was bieten wir ihnen an".

Phel´lwho:" ich hätte da einige wertvolle
Raumschiff-Komponenten im Angebot".

Er öffnet, im Lagerraum, drei große Kisten
voller technologischer Teile.

Lhiv´hvo:" hast du etwa Schrottteile von den
Lheent´thanern gestohlen ?".

Phel´lwho:" was heißt gestohlen, die wären
sowieso verpulvert worden, und hätten nicht
mal für ein Holo-Schiff gereicht.

Außerdem kann man das kaum Schrott
nennen.

Tarn-Generatoren neuerster Art.
Di-Opthronische Laser-Fernzielsysteme,
Schild-Apparate und vieles mehr".

Zhet´th:" gut gemacht Phel´lwho, das wird uns
auf jeden Fall weiterhelfen.

Wir fliegen jetzt zur Orbital-Station, kündigen
uns an und hoffen das sie uns durchlassen".

In Rufreichweite der Station angekommen
meldet sich das Wachpersonal:" hier ist
Wachstation Alpha12, geben sie sich zu
erkennen und was ist ihr Anliegen?"

Zhet´th:" Captain Zhet´th vom Raumschiff
Zhol´lh, wir sind zu viert, und freie Händler
zwischen den Welten".

Wachstation:" bevor wir sie passieren lassen,
müssen wir ihr Schiff scannen".

Zhet´th:" jederzeit, wir haben nichts zu
verbergen".

Zhet´ths Schiff wir von oben bis unten
gescannt.

Wachstation:" sie haben interessante Waren,
landen Sie auf Plattform 8 in der Nähe der
Hauptstadt, ich sende ihnen die Koordinaten".

Zhet´th flog durch das Sensorgitter und
landete das Schiff.

Die Lage des Palastes hatten sie bereits
ermittelt.

Zhet´th:" Phel´lwho, wie ist es von hier aus,
kommst du in deren Systeme?".

Phel´lwho:" ja, von hier sieht es gut aus,
das schaffe ich.

Ich habe noch was vorbereitet.
Subdermale Funk- und Scann-Bhits.

Weitaus unauffälliger als eure mobilen
Sprech- und Scann-Apparate

Wer möchte der erste sein?".

Phel´lwho stanzt bei allen die Funksender am
Nacken hinter dem Ohr, und die Miniscanner
am Unterarm ein.

Dhhaan´nh:" bei mir bitte im unteren
Nackenbereich, wir sind hinterm Ohr sehr
empfindlich".

Phel´lwho:" Lhiv´hvo, jetzt du, bei mir".

Anschließend machten sich Zhet´th und Dhhaan´nh auf den Weg zum Palast.

Als sie ankamen, waren ungefähr 30 Wachen vor dem Tor und weit über 200 dahinter im Hof.

Zhet´th:" Hallo, wir haben gehört das der verehrte Zhhark´khhon weitere Söldner sucht für seine Truppe".

Wache:" Meister Zhhark´khhon sucht niemanden, wer hat das euch gesagt".

Zhet´th:" wir haben das in der Stadt gehört".

Wache:" Da habt ihr was Falsches gehört, und jetzt zieht Leine, Fremde dürfen auf keinen Fall den Palast betreten".

Da wollte Dhhaan´nh ihn dazu bringen die anderen zu erschießen und das Tor aufzumachen.

Doch Zhet´th stoppte ihn:" Dhhaan´nh, nicht jetzt, weit würden wir nicht kommen.

Wir werden warten bis es dunkel ist, und dann schleichen wir uns rein".

Nach drei Stunden war es soweit.

Phel´lwho hatte sich in die Kamera-Drohnen gehackt und einen Bauplan des Palastes heruntergeladen.

Er startete zusätzlich eine eigene Drohne mit Sprengstoff.

Zhet´th und Dhhaan´nh schlichen sich von der Rückseite her zur Palastmauer heran.

Doch die Wachen waren zu zahlreich.

Zhet´th:" Phel´lwho du kannst mit der Ablenkungsaktion beginnen".

Phel´lwho versammelte 30 Kameradrohnen auf einen Haufen, platzierte die Bombendrohne in die Mitte und ließ alle zusammen auf das Eingangstor stürzen.

Eine gewaltige Explosion riss eine große Öffnung in das Tor.

Die Wachen liefen in Panik umher und
funkten:" wir werden angegriffen, wir brauchen
Verstärkung am Tor":

Die Wachen vor der Mauer wo Zhet´th und
Dhhaan´nh standen rannten alle los.

Beide zogen sich mit Fanghaken über die
Mauer, seilten sich auf der anderen Seite ab,
und rannten dann zum Gebäude hin.

Doch sie sahen weit und breit keinen Eingang
und keine Öffnung nur eine massive, gut
gesicherte Tür.

Zhet´th flüsterte:" Phel´lwho , wir sind am
Westflügel, das Gebäude ist sehr massiv
gebaut.

Kannst du die Tür öffnen, dort wo wir uns
gerade befinden":

Phel´lwho:" ich seh euch auf dem Bildschirm,
gebt mir ein paar Sekunden".

Nach verschiedenen Code-Eingaben hatte er
es dann doch noch geschafft. Die Tür ging
auf.

Zhet´th und Dhhaan´nh liefen hinein und
schlossen die Tür wieder hinter sich.

Zhet´th:" wie geht es jetzt weiter, wohin
müssen wir?".

Phel´lwho:"220 Meter den Gang hinunter,
dann 140 Meter nach rechts, und 80 Meter
wieder nach links.

Da führt dann eine Wendeltreppe in die
unteren Gewölbe, das ist der kürzeste Weg.

Zhet´th:" 220 Meter ist der kürzeste Weg,
wie groß ist denn dieser Palast ?".

Phel´lwho:" frag nicht, das Gebäude ist riesig".

Beide folgten der Strecke, das Phel´lwho
ihnen beschrieb.

Zhet´th:" wir sind jetzt unten, wie geht´s
weiter.

Da sind sieben Gänge, die strahlenförmig,
alle in verschiedene Richtungen gehen ?".

Phel´lwho:" den Gang direkt hinter euch,
120 Meter geradeaus, 60 Meter nach rechts,
dann müsstet ihr zum ominösen Labor
kommen, in dem Bauplan ist es ein großer
dunkler Fleck".

In der Zwischenzeit untersuchten die Wachen
draußen am Tor, den Vorfall mit der
Detonation.

Sie fanden keinen Hinweis auf einen Angriff,
und taten es als eine Fehlfunktion der
Drohnen ab.

Zhet´th und Dhhaan´nh kamen dort an und
betraten den übergroßen Labor-Raum.

Sie sahen gleich, hinter einem dicken
Panzerglas, die zwei Kammern der
Sternwesen, die regungslos, in einer Art
Kryostase waren.

Als sie noch einen Schritt weiterliefen,
bemerkten sie, den im Boden eingelassenen
mechanischen Sensor, nicht.

Zhet´th trat darauf, die Platte sank etwas und
löste Alarm aus.

Dutzende Wachen stürmten, aus vier
Richtungen zum Labor-Raum.

Phel´lwho:" Zhet´th was ist los bei euch, ich
höre ein Heulen, habt ihr Alarm ausgelöst".

Zhet´th:" ja du Schlaumeier, warum hast du
das nicht vorausgesehen?".

Lhiv´hvo:" lauft sofort da raus, Phel´lwho tu
doch was".

Phel´lwho:" das muß ein analoger,
mechanischer Sensor gewesen sein,
das konnte ich nicht erfassen, tut mir Leid.

Ich versuche einen Fluchtweg für euch zu
finden".

Zhet´th:" nein, wenn wir schon so weit
gekommen sind, werden wir das jetzt auf
unsere Art erledigen".

Dhhaan´nh:" soweit zu deinem, leise und
effektiv".

Zhet´th zog beide Schwerter heraus und
Dhhaan´nh seine beiden Hybriden Waffen,
Schwert und Klein-Geschütz zugleich.

In Zhet´ths Kultur erlernten bereits die
Jünglinge das Kämpfen und seine Spezies
war sehr flink und schnell.

Er wirbelte mit seinem Körper durch die Luft,
wehrte die Schüsse der Gegner mit seinen
Schwertern ab und setzte einen Soldaten
nach dem anderen außer Gefecht.

Dhhaan´nh übte schon als Kind mit
Schusswaffen umzugehen, auch im
Schwertkampf war er Meisterlich.

Er war nicht so flink wie Zhet´th, jedoch sehr
treffsicher und auch schnell mit seinen
Bewegungen.

Seine Augen erfassten die Situation in
Sekundenbruchteilen, daher konnte er sogar
Schüssen ausweichen und mit den
Schwertern Geschosse abwehren.

Minutenlang kämpften sie, und immer mehr
von Zhhark´khhons Elitesoldaten stürmten
herein.

Dhhaan´nh:" wenn ich sage bück dich, halte
den Kopf unten".

Er rastete beide Waffenhälften ein, zu einer größeren Einheit.

Dhhaan´nh:" jetzt".

Beide knieten nieder, und Dhhaan´nh wirbelte seine Waffe sehr schnell, über seinem Kopf, im Kreis herum, und schaltete auf Dauerfeuer.

Dhhaan´nh:" allzu lang kann ich das nicht mehr machen, wir müssen eine Lösung finden".

Zhet´th:" Phel´lwho, kannst du wenigsten die Zugangs-Tore schließen damit niemand mehr hereinkann.

Phel´lwho:" leider nicht, seit dem Alarm hat sich das Dämpfungsfeld um das Hundertfache verstärkt.

Ich komme nicht mehr in die Systeme rein.

Aber neben den Toren müssten Betätigungs-Schalter sein, oder irgendwelche Sensoren.

Wenn du die triffst und zerstörst, müssten sich die Tore schließen".

Zhet´th sah die Schalter.

Mit seiner rechten Hand schleuderte er einen
der superscharfen Chadlet´th-Dolche in
Richtung eines der Betätigungs-Schalter,
mit seiner linken Hand in Richtung des
anderen Tores.

Da die Soldaten in einer Reihe durch die Tore
hineinstürmten, durchbohrte der Dolch auf der
rechten Seite acht der Gegner hintereinander
und zerstörte dann den Schalter, das Tor
schloss sich.

Auf der linken Seite wurden sieben Wachen
ausgeschaltet, und dieses Tor schloss sich
ebenfalls.

Zhet´th:" Dhhaan´nh, schieß auf die Schalter
der anderen beiden Tore".

Dhhaan´nh feuerte und schloss das eine Tor,
doch die Richtung vom letzten Tor-Schalter
war ihm versperrt, aber er brachte, mit seinen
Augen, einen der gegnerischen Soldaten dazu
drauf zu schießen.

Das letzte Tor schloss sich ebenfalls.

Die restlichen Gegner, im Raum wurden auch
überwältigt.

Inzwischen bekam Zhhark´khhon, der schon
auf dem Rückweg war, den Funkruf das sich
Eindringlinge Zugang zum unteren Labor-
Raum verschafft haben und sich einen
erbarmungslosen Kampf mit den Wachen
liefern.

Er war nicht sehr begeistert, und ließ auf
Höchstgeschwindigkeit gehen.

Zhet´th:" Phel´lwho, gibt es einen Zugang zum
Panzer-Raum ?".

Phel´lwho:" ich weiß es nicht, in den Plänen
ist nichts verzeichnet.

Vielleicht ist es ein Zugang der im Glas oder
in der Wand eingebettet ist".

Dhhaan´nh durchleuchtet mit seinen Augen
die Panzerglas- und Wandoberflächen und
sieht eine Unregelmäßigkeit.

An einem Punkt an der Wand sah er an einer
Stelle viele Handabdrücke übereinander.

Dhhaan´nh:" Zhet´th, dort".

Dhhaan´nh betätigte die Stelle mit seiner
Hand.

Und tatsächlich sprang aus der Glaswand
eine Tür nach innen und schob sich zur Seite.

Sie liefen hinein.

Zhet´th:" Phel´lwho, wir haben die, ... , oh
nein".

Phel´lwho:" Zhet´th, was ist los, sag doch was,
Dhhaan´nh, hörst du mich ?".

Lhiv´hvo:" was ist passiert ?".

Phel´lwho:" ich habe die Verbindung zu den
beiden verloren.

Die Signale deuten darauf, dass sie in einer
Art Energiefeld gefangen sind".

Lhiv´hvo:" können wir von hier aus etwas
tun ?".

Phel´lwho:" nein, leider nicht".

Lhiv´hvo:" wir müssen von hier schnell weg.
Sie werden die Verbindung von den beiden
zum Schiff herausfinden, herkommen und uns
in Haft nehmen oder schlimmeres.

Hier können wir nichts mehr tun, wir müssen los und Hilfe holen".

Phel´lwho:" das gefällt mir gar nicht".

Lhiv´hvo:" mir auch nicht, aber uns bleibt nichts anderes übrig".

Sie flogen los um Rettung für Zhet´th und Dhhaan´nh zu organisieren.

Als Zhhark´khhon angekommen ist, wollte er wissen wie es zu so einem eklatanten Sicherheitsbruch kommen konnte.

Zhhark´khhon:" Bericht, aber von Anfang an".

Der Soldat, der für die Bewachung des Haupttores verantwortlich war:"

Sir, auf einmal stürzten mehrere Drohnen auf das Tor ab, und explodierten.

Ich dachte das wäre ein Angriff und beorderte zusätzliche Wachen zur Verteidigung ans Tor.

Doch als keine weiteren Aktionen stattfanden, tat ich es als eine Fehlfunktion der Drohnen ab.

Dann hörten wir, über Funk, dass sich Eindringlinge, im unteren Gewölbe, ein Schussgefecht mit unseren Leuten lieferten.

Ich sandte alle wachen im Hof nach unten zur Unterstützung.

Zhhark´khhon:" du Idiot, hast du nicht gemerkt, dass die Drohnenabstürze ein Ablenkungsmanöver waren.

Als du dann die Wachen abgezogen hast, konnten sie Seelenruhig in das Gebäude eindringen.

Der Soldat:" ich habe das nicht gemerkt und nicht daran gedacht, verzeiht mir Sir, aber zumindest sind die zwei Angreifer im Thori´ihhum-Feld gefangen, seit einigen Stunden".

Zhhark´khhon zog seine Waffe und erschoss ihn.

Zhhark´khhon:" deinen Tod hast du sicherlich auch nicht gemerkt, jetzt hast du genügend Zeit zum Nachdenken".

Zhhark´khhon sprach einen anderen Soldaten
an: " du, komm her.

Du bist jetzt der Hauptverantwortliche für das
Haupttor.

Enttäusche mich nicht, und lass den Dreck
hier aufräumen".

Zhhark´khhon:" Bhhe´hl, komm mit, wir gehen
nach unten".

Als Zhhark´khhon nach unten in den
Laborraum lief traute er seinen Augen nicht.

Zhhark´khhon:" was war hier los, wie konnte
das geschehen, wie viel Mann haben wir
verloren ?".

Wachsoldat:" insgesamt 126 unserer Männer,
Sir".

Zhhark´khhon:" zwei Angreifer haben 126
schwerbewaffnete Soldaten eliminiert ?
Hab ich richtig gehört ?".

Wachsoldat:" es sind keine normalen
Kämpfer, Sir.

Der eine konnte sehr schnell mit Schwert und
Dolchen brillant umgehen, und der andere
sogar mit seinen Augen unsere Soldaten
beeinflussen.

Sie sind jetzt, mit dem Rücken zu uns,
im Thori´ihhum-Feld gefangen ".

Zhhark´khhon:" lasst sie erst mal so.
Auf keinen Fall in ihre Nähe gehen und nicht
in ihre Augen sehen.

Bevor ich die befrage müssen wir
Vorsichtsmaßnahmen treffen.

Es gibt nur ein Volk, das mit seinen Augen
andere Wesen beeinflussen kann, das Volk
von Chhand´hradch.

Einer war früher im Dienste meines Vaters,
er hat ihn mit dem Leben seiner Familie
erpresst.

Und der andere muß ein Phenz´zhhen-Krieger
sein, wahrliche Meister mit Schwert und
Dolchen, doch unwillig unter anderen zu
dienen ".

Am anderen Morgen wollte Zhhark´khhon
die Gefangenen sehen und befragen.

Doch vorher ließ er spezielle Sichtbrillen
anfertigen, nach den Unterlagen seines
Vaters.

Zhhark´khhon:" alle werden diese Brillen
tragen und auf keinen Fall abnehmen,
wer sie abnimmt den werde ich sofort
erschießen.

So jetzt könnt ihr die Gefangenen umdrehen.

Momentan könnt ihr nicht reden, aber wenn
ich das Feld im oberen Bereich etwas
schwäche, so jetzt müsste es gehen.

Erklärt den Grund eures Besuches".

Dhhaan´nh:" du mieser brutaler Schlächter,
ich werde dich dazu bringen dir selbst deine
Eingeweiden zu zerstückeln, und dich dann
scheibchenweise....".

Zhet´th rief dazwischen:" Dhhaan´nh, das ist
nicht hilfreich".

Zhhark´khhon hörte das nicht mehr weiter an
und baute das Feld von Dhhaan´nh im oberen
Bereich wieder auf, und er verstummte.

Zhhark´khhon:" ok, bei dir drehen wir den Saft
wieder ab.

So, Phenz´zhhen-Krieger, kannst du mir
wenigstens etwas sagen".

Zhet´th:" wir sind Touristen und wollten uns
die Sehenswürdigkeiten ansehen, und da
wurden wir plötzlich von maskierten Wesen
überfallen, und wehrten uns.

Also die Touristen, in eurer Welt, werden echt
mies behandelt".

Zhhark´khhon:" Touristen also".

Zhhark´khhon drehte am Sensorpult die
Intensität des Feldes erheblich nach oben.

Zhet´th und Dhhaan´nh krümmten sich vor
Schmerzen und schrien.

Zhhark´khhon:" also nochmal. Erklärt den
Grund eures Besuches".

Zhet´th:" Gibt es bei ihnen ein gutes Hotel mit
Pool und Aussicht ".

Zhhark´khhon geriet in Rage und drehte fast
bis Maximum hoch, doch Bhhe´hl hielt ihn
davon ab.

Bhhe´hl:" nicht Meister, sie töten sie noch,
und das wäre ein sehr leichter und schneller
Tod.

Besser wäre es sie öffentlich hinzurichten".

Zhhark´khhon drehte wieder runter:" du hast
recht Bhhe´hl.

Aber ich kann mir sowieso denken warum ihr
hier seid.

Ihr wolltet die Sternwesen befreien und
entführen.

Aber daraus wird nichts.

Bhhe´hl, lass Vorbereitungen treffen,
und kündige überall an das die zwei, in drei
Tagen, auf dem Shafho´th-Platz in der
Stadtmitte hingerichtet werden".

Bhhe´hl:" ja, Meister".

In der Zwischenzeit erreichte Lhiv´hvo über
Subraum-Funk das eigene Thaarph´hanische
Volk und die Lheent´thanische Garde.

Sie überzeugte alle, das es jetzt ein richtiger
Zeitpunkt ist Zhhark´khhon in die Enge zu
treiben und anzugreifen.

Die Thaarph´haner starteten 3000
Schlachtschiffe und Commander Hehw´whig
von der Lheent´thanischen Armee konnte eine
Flotte von 5500 Schiffen mobilisieren.

Alle starteten sofort los um keine Zeit zu
verlieren und kamen Lhiv´hvo und Phel´lwho
entgegen.

Lhiv´hvo versuchte auch das befreundete
Khryyt´th-Volk zu überzeugen.

Doch die lehnten ab und hatten große
Bedenken und Furcht wegen dem
Sternwesen.

Die drei Tage waren fast vorbei.

Zhet´th und Dhhaan´nh waren sehr
geschwächt in dem Thori´ihhum-Energiefeld.

Sie bekamen kein Wasser und keine
Nahrung.

Da erhielt Zhhark´khhon die Nachricht das die
Thaarph´hanische und die Lheent´thanische
Flotte unterwegs seien und in Kürze die
System-Peripherie erreichen werden.

Zhhark´khhon war in keinster Weise
beunruhigt.

Im Gegenteil er freute sich sogar und wollte
die Situation ausnutzen für ein Schauspiel.

Er lief mit Soldat Bhhe´hl und seiner
Leibgarde, von acht Mann, in den Labor-
Raum.

Zhhark´khhon:" so ihr Touristen, eure Freunde
sind unterwegs und bald da, um euch zu
befreien.

Meine Schiffe stehen schon bereit, doch ich
werde Thhor´rhaan aussenden um sie
gebührend zu empfangen.

Ich werde euch zuerst zeigen, wie alle eure
Freunde zu Asche zerfallen.

Dann werde ich bei dir, Phenz´zhhen-Krieger,
deine Hände abschlagen, und bei dir
Chhand´hradch deine Augen rausreißen
lassen.

Gedemütigt werdet ihr in der Stadtmitte,
anschließend, qualvoll hingerichtet, ganz
langsam.

Thhor´rhaan, flieg los und zerstöre sie alle.

Bhhe´hl geh du nach oben und richte unserer
Flotte aus, das sie nach Thhor´rhaans Arbeit,
alle Fluchtkapseln zerstören sollen".

Bhhe´hl lief zur Tür und nahm dabei langsam
seine Brille ab, denn er sah keine Gefahr
mehr weil er, mit dem Rücken zu den
Gefangenen gekehrt, hinauslief.

Doch was er nicht wusste und nicht ahnen
konnte.

Seine Augen spiegelten sich an dem Tür-
Rahmen.

Das nutzte Dhhaan´nh sofort aus und erfasste die Augen von Bhhe´hl.

Er war zu schwach um ihn kontrollieren zu können, doch es reichte seinen Geist zu öffnen.

Bhhe´hl wurde schwindlig, und plötzlich schossen durch seinen Kopf Unmengen an Gedanken und Erinnerungen.

Er erinnerte sich daran das er als Jugendlicher von Zhhark´khhon entführt wurde.

Das sein Kopf, in einem der Labore, monatelang mit Strahlen bombardiert wurde, die sehr schmerzhaft waren.

Er wurde angekettet und gefoltert, und wieder mit Strahlen beschossen.

Er konnte sich auf einmal an alles erinnern, und daran das er eigentlich ein Phenz´zhhen-Krieger war.

Zhhark´khhon wusste, dass keiner der Phenz´zhhen-Krieger, unterwürfig, ihm dienen würde.

Doch er wollte unbedingt einen als sein Leibwächter.

Daher hatte er den teuflischen Plan einen jungen Krieger zu entführen, seine Erinnerungen zu löschen und ihn zu brechen.

Und tatsächlich schaffte er es auch bei Bhhe´hl, dessen richtiger Name Ahn´th war.

Dann zog Zhhark´khhon ihn im Umfeld seines Palastes groß, als einer seiner Soldaten.

Zhhark´khhon:" Bhhe´hl, was hast du, warum zögerst du".

Dann sah er Bhhe´hls Brille in seiner Hand, und die Spieglung seines Gesichtes am Türrahmen.

Sofort begriff er was los war, und wollte den Notfall-Schalter am Pult drücken, mit dem er alle vier Gefangenen im Panzerraum hätte augenblicklich töten können.

Doch Bhhe´hl warf zwei Messer auf ihn, die beide Hände von Zhhark´khhon durchbohrten, und diese am Pult fixierten.

Bhhe´hl:" mein Name ist Ahn´th".

In Sekundenschnelle überwältige er alle acht
Wachen und schaltete sie aus.

Zhhark´khhon versuchte indessen mit seinem
Kopf an den Vernichtungs-Schalter zu
kommen.

In seiner Wut, hackte er, mit seinem Schwert,
beide Hände von Zhhark´khhon ab, stieß ihn
mit seinem Fuß gegen die Wand und
schleuderte sein Schwert auf ihn, welches
sein Herz durchbohrte und sich in die Wand
hinein rammte.

Thhor´rhaan kam indessen bei der
Befreiungsflotte an und wollte gerade das
Flaggschiff mit Commander Hehw´whig an
Bord zerstören.

Commander Hehw´whig:" es war mir eine
große Ehre mit euch allen gekämpft zu
haben".

Als er gerade seine Hand in Richtung des
Schiffes ausstrecken wollte, hörte er die
Stimme von Szhhen´hhev.

Szhhen´hhev:" Thhor´rhaan, hör auf mit dem
was du tust.
Wir sind frei, komm zu uns".

Ahn´th hatte schon alle vier befreit, und als die
zwei Sternwesen aus den Kammern
herauskamen, wurde die mentale Verbindung,
die sie untereinander hatten, wieder
hergestellt.

Thhor´rhaan war unvorstellbar erleichtert.
Ihm fiel ein Stein vom Herzen das so groß war
wie 100 Sterne.

Gleichzeitig war er innerlich unermesslich
betrübt und zerrissen, sowie unendlich
beschämt über das was er getan hatte,
was er tun musste, um seine Art zu erhalten.

Thhor´rhaan flog nicht sofort zurück zum
Palast.

Er zerstörte Zhhark´khhons Schiffe nicht,
machte aber deren Antriebe und Waffen
unschädlich, so dass die Befreiungs-Armee
die Besatzungen nur einsammeln brauchte.

Dann flog er in den System-Stern hinein und
entlud all die Wut, die sich in ihm aufgestaut
hatte.

Die Planeten-Bewohner sahen dies als heftige
Protuberanzen und Sonnenwind-Ausbrüche,
die aber entgegengesetzt bewohnter Planeten
stattfanden.

Szhhen´hhev und Mhhal´zhhun flogen
hinterher um wieder Kraft aufzutanken,
und gegenseitige Unterstützung und Trost zu
spenden.

Zhhark´khhons Zerstörer-Schiffe wurden alle
beschlagnahmt, die Besatzungen alle
inhaftiert.

Und als die Palastwachen mitbekamen das
Zhhark´khhon Tot ist, und die eigene Flotte
nicht mehr existiert, flüchteten sie in alle
Winde.

Lhiv´hvo und Phel´lwho landeten und rannten
zum Palast.

Lhiv´hvo:" Zhet´th, Dhhaan´nh wie geht´s
euch, geht´s euch gut ?".

Als Lhiv´hvo Ahn´th sah, erschrak sie und zog
ihre Waffe:" das ist einer von Zhhark´khhons
Leuten".

Zhet´th:" Lhiv´hvo, senk deine Waffe, das ist
Ahn´th.

Er hat uns gerettet, ohne ihn wären wir alle
nicht mehr hier.

Ich erklär dir alles später".

Die Ära Zhhark´khhon war zu Ende.
In den Galaxien herrschte Frieden.

Die Sternwesen waren nicht mehr allein,
sie hatten nun Freunde, die sich um sie
kümmerten und sie beschützten.

Und es geschah noch ein zusätzliches
Wunder.

Einige Jahre später bekam Szhhen´hhev
Nachwuchs, und die Sheyhrhek verbreiteten
sich wieder allmählich in den Galaxien.